Étude de Mᵉ René LYON, Commissaire-Priseur, 29, rue Le Peletier

VENTE

Aux enchères publiques

DE

Objets d'art et d'Ameublement

Beau Bureau et Commode du Consulat,
Meubles hollandais sculptés et marquetés, Armoire, Commode,
Lit et Table, Cabinets des époques de Louis XIII
à l'Empire, Sièges des mêmes époques.

PORCELAINES & FAIENCES ANCIENNES

De la Chine et de l'Inde, de Sèvres,
Rouen, Nevers, Delft, etc., Dinanderie, Étains.

Bronzes d'art et d'Ameublement, Marbres

PAR FEINBERG ET AUTRES

Tableaux Anciens et Modernes

Gravures en noir et en couleurs, dessins, aquarelles.

OBJETS DE VITRINE

Miniatures anciennes et modernes, Éventails, Figurines en Saxe,
Nécessaires Louis XV et Louis XVI, Ivoires,
Émaux, Argenterie.

NOMBREUX VOLUMES

OUVRAGES D'ARCHITECTURE

Par E. BOSC, RONDELET, VIOLLET-LE-DUC, GARNIER, etc.

HISTOIRE, SCIENCES, LITTÉRATURE

TAPISSERIES, TAPIS D'ORIENT

HOTEL DROUOT, SALLE Nº 11

Le Mardi 8 et Mercredi 9 Novembre 1898.

A 2 heures et demie.

Mᵉ RENÉ LYON	M. D. DU PASQUIER
Commissaire-Priseur	Expert
29, rue Le Peletier	12, rue Daumier

EXPOSITION PUBLIQUE

Le Lundi 7 Novembre, de 2 heures à 6 heures.

CONDITIONS DE LA VENTE

Elle sera faite au comptant.

Les acquéreurs paieront, en sus des enchères, **cinq pour cent,** *applicables aux frais.*

L'exposition mettant le public à même de se rendre compte de l'état des objets, il ne sera admis aucune réclamation, une fois l'adjudication prononcée.

DÉSIGNATION

MEUBLES

1 -- Grand Bureau de l'époque du Consulat avec têtes de colonnes sculptées, et orné de bronzes.

2 — Commode de la même époque.

3 — Armoire Louis XIII chêne sculpté.

4 — Cabinet italien ébène avec pied.

5 — Commode d'époque Louis XV en marqueterie.

6 — Table en bois sculpté Louis XVI.

7 — Chambre à coucher noyer sculpté de style Louis XV, composée de : Armoire à glace, Lit avec sommier et table de nuit.

8 — Grand Bahut hollandais noyer à moulures.

9 — Meuble de salon marquise, en noyer sculpté couvert en soie à fleurs, composé de cinq pièces.

10 — Bureau de dame armorié en marqueterie, avec tiroirs intérieurs.

11 — Vitrine hollandaise en marqueterie ornée de bronzes.

12 — Deux Chaises et un Tabouret Louis XVI, recouverts en soie rayée.

13 — Table de salon en marqueterie de bois et garnie de bronzes.

14 — Deux Fauteuils Dagobert en bois sculpté.

15 — Lit Empire en acajou orné de cuivres.

16 — Lit Louis XVI bois doré.

17 — Toilette marbre blanc.

18 — Deux Glaces d'entre-deux de style Louis XVI cadres en bois sculpté.

19 — Salle à manger noyer de style Renaissance.

20 — Piano à queue d'Érard.

21 — Bureau à cylindre en acajou, de style Louis XVI.

22 — Pannetière en bois sculpté époque Louis XV.

23 — Deux Fauteuils en noyer sculpté de style Renaissance.

24 — Bibliothèque en chêne sculpté.

25 — Support en laque rouge de la Chine.

25 *bis*. — Très beau Lit de milieu Renaissance à colonnes, avec baldaquin orné de panneaux à figures, sculptures très fines, les bandeaux du baldaquin sont ornés de broderies d'argent sur fond rouge.

BRONZES

D'ART & D'AMEUBLEMENT

26 — Cerf de Mène.

27 — Paire de bouts de table à deux lumières, bronze argenté style Louis XV.

28 — Deux paires de Flambeaux Louis XVI et de l'Empire.

29 — Quatre Appliques Louis XIV, en bronze, garnies de cristaux.

30 — Une Pendule socle marbre avec sujet en bronze argenté, Sapho de Pradier, et deux Candélabres.

31 — Deux Flambeaux en bronze.

32 — Deux Brûle-parfums chinois en bronze.

33 — Une Garniture de cheminée de style Louis XVI composée de une Pendule et deux Candélabres marbre blanc et sujet bronze.

34 — Ibis en bronze japonais.

35 — Koro en bronze japonais supporté par trois personnages.

36 — Groupe de deux personnages en bronze du Japon.

37 — Brûle-parfums en bronze du Japon, décors en relief, sur le couvercle un personnage.

38 — Paire de Vases de forme hexagonale, décor
de fleurs et attributs gravés en creux et
en relief.

39 — Personnage en bronze japonais, portant un
gong.

40 — Aigle sur un rocher, bronze japonais.

41 — Paire de Bras appliques en bronze, style de
Caffieri (château de Fontainebleau).

42 — La Chanson, statuette en bronze formant tor-
chère à lumière électrique.

43 — Paire de Vases à longs cols, bronze japonais,
décorés d'oiseaux et arbres en relief.

44 — Paire de Vases de forme plate, bronze japonais, décor de chimères en relief.

45 — Pendule forme lyre, de style Louis XVI,
marbre blanc et bronze ciselé doré, et deux
Candélabres de même style.

46 — Pendule bronze ciselé et doré, surmontée
d'un coq.

47 — Paire de grandes Girandoles en bronze ciselé
et doré, modèle Meissonier.

48 - Paire de Bras à 3 lumières Louis XVI formant urne.

49 — Paire de Chenets Louis XVI.

50 — Petit Cartel ancien à réveil.

51 — Jardinière Empire marbre et bronze, sup-
portée par quatre cariatides de faunes.

52 — Paire de Vases Médicis à reliefs, parties dorées.

53 — Groupe : Enlèvement de Proserpine, par
   Boizot.
54 — Groupe : Enlèvement d'Orithie, par Boizot.
55 — La Salomé, statuette.
56 — Un Groupe : Amour, d'après Pigalle.
57 — Un Groupe : Faunes et Bacchantes, d'après
   Clodion.

MARBRES

58 — L'Adolescente, statuette assise, a figuré au
   Salon de 1897, par B. Feinberg.
59 — Le Mirage, statuette, a figuré au Salon de
   1896, par B. Feinberg.
60 — Buste de jeune fille, style Louis XV.

PORCELAINES, FAIENCES

ET

OBJETS DE CURIOSITÉ

61 — 51 Assiettes en ancienne porcelaine de Chine,
   du Japon et de l'Inde (sera divisé).
62 — 15 Assiettes faïences diverses (sera divisé).

63 — 44 Assiettes faïence bretonne (sera divisé).
64 — 12 Assiettes faïences diverses.
65 — 12 Assiettes porcelaine de Chine, décors polychromes.
66 — 8 Soucoupes, porcelaine de Chine, décors polychromes.
67 — 2 Plats faïence de Rennes.
68 — 2 Plats faïence bretonne.
69 — 1 Saladier faïence ancienne.
70 — 5 Assiettes porcelaine de Chine, décors bleus et polychrome,
71 — 1 Vase vieux Chine fond brun.
72 — 2 Théières ancienne porcelaine de Chine.
73 — 2 Vases Chine à personnages.
74 — 1 Tasse, 1 Bol et 2 Tasses Chine.
75 — 1 Bénitier et 1 Bol, faïence de Nevers.
76 — 6 Tasses Chine.
77 — 1 petit Vase pierre de lard.
78 — 1 Coupe Sèvres, monture bronze doré.
79 — 2 Bols vieux Chine, montés en bronze.
80 — 1 petit Vase vieux Chine, monté en bronze.
81 — 5 grands Bols vieux Chine.
82 — 1 Plat mauresque.
83 — 3 Plats à barbe en faïence de Nevers.
84 — 5 Plats Chine, décors variés.
85 — Vase vieux Chine vert et rose.
86 — 1 Cornet en ancienne porcelaine de Chine.
87 — 4 Verres de Bohême.

88 — 1 Cruchon faïence, 2 Porte-Bouquets.

89-90 2 grandes Vasques et leurs supports en grès de Chine.

91 — Divinité japonaise, en bois sculpté et doré.

92 — 72 Pièces verrerie allemande, garnies d'étain, style Renaissance (sera divisé).

93 — 50 Pièces verrerie de Baccarat (sera divisé).

94 — 1 Soupière faïence, décor Marseille.

95 — 1 grande Urne Nevers, décor polychrome.

96 — 5 Vierges, vieille faïence.

97 — 2 Soupières, faïence ancienne.

98 — 2 grands Plats, faïence de Rouen.

99 — 1 Plat Chine.

100 — 2 Flambeaux, faïence de Pull.

101 — 1 Soupière Chine, décor bleu.

102 — 7 Pièces, Coupes et Plats, faïence de Rouen et Nevers.

103 — 2 Vases Chine et 7 Soucoupes.

104 — 3 Plats, faïence moderne.

105 — 6 Assiettes Chine bleu.

106 — 8 Vases et Potiches, Chine et Japon.

107 — 3 Pièces, Sucrier et Théière, Chine et Japon.

108 — 1 Jardinière en barbotine.

109 — 1 grand Plat, faïence moderne, représentant un faune.

110 — 20 Pièces diverses, en ancienne porcelaine de Chine et du Japon (sera divisé).

*

111 — 20 Pièces, Brocs, Seau, Vases, Coupes en cuivre gravé (sera divisé).

112 — 2 Vases en cuivre à anses formant·lampes à gaz.

113 — Service à thé de 24 pièces, porcelaine blanche à filets or, époque du Premier Empire (incomplet).

114 — Cheval en ancienne porcelaine de Saxe.

115 — Bateleur. Statuette en ancienne porcelaine de Saxe.

116 — Jardinière en émail cloisonné du Japon.

117 — Paire de grands Vases en émail cloisonné du Japon, de forme hexagonale, décorés de fleurs et oiseaux sur fond bleu.

118 — Paire de Vases plus petits, décors analogues aux précédents.

119 — 6 Statuettes en porcelaine de Saxe.

120 — 2 Groupes en porcelaine de Saxe.

121 — Groupe en biscuit.

122 — 2 Assiettes fleurs, bordure dorée sur fond gris perle (écornure au bord).

123 — 2 Assiettes faïence, avec portrait de Napoléon Ier et de l'Impératrice.

124 — 2 Cachepots, décor Sèvres à double médaillon.

125 — 1 Groupe en biscuit de porcelaine, formant pendule.

126 — Grande Vasque en porcelaine de Chine, décor bleu sur fond blanc.

127 — Vasque en faïence de Satzuma, décor à per-
       sonnages sur fond or,

128 — Jardinière en grès de Chine, tête d'ours.

TABLEAUX

129 — Vue d'Italie, paysage (attribué à **Corot**).

130 — Enfants et chien dans un bois, par **Lon-
       guet.**

131 — Jeune femme endormie, par **Aimé Perret.**

132 — Christ en croix, tableau gothique sur panneau
       cloisonné, par **Ferdinand Gallegos.**

133 — Deux Cavaliers, par **A. de Dreux.**

134 — Paris la nuit, par **Léon Parent.**

135 — Chasse anglaise. **Inconnu.**

136 — Cavalier, par **L. Pils.**

137 — Cavaliers en vedette (attribué à **Fromen-
       tin**).

138 — Jeune fille à la Colombe par **Benedict-
       Masson.**

139 — Le Camp de Châlons, **Bellangé.**

140 — Cheval, étude par **Géricault.**

141 — Arabes au désert, par **Th. Frère 1855.**

142 — Jeune fille à la Colombe, étude (attribuée à
       Chaplin).

143 — Le Printemps, paysage, par **Chintreuil.**

144 — Intérieur de chaumière (attribué à **Millet**).

145 — Fleurs (cadre en bois sculpté), par **Mon-noyer.**

146 — Diligence arrêtée par la marée, **École Fran-çaise 1830.**

147 — Sous bois, par **Duhousset.**

148 — Paysage au bord de la mer, par **Lefèvre.**

149 — Fruits et raisins, par **Lefèvre.**

150 — Jeune femme se balançant, par **Lefèvre.**

151 — Fleurs, par **Taconnet.**

152 — Deux Marines, par **Jules Noël.**

153 — Deux Marines, par **Morel Fatio**.

154 — Marine, par **Durand Brager.**

155 — Offrande à la Madone, par **Fines.**

156 — Vingt-trois tableaux divers (ce lot sera divisé).

157 — Nymphe et Amour, par **Longuet.**

158 — Portrait d'un cardinal, par **Elisata Sérani 1662.**

159 — Dessus de porte, époque du xviiie siècle, représentant la gourmandise, par **Raoux.**

160 — **Van Dyck**, son portrait, d'après le tableau du Louvre.

161 — Marchand de légumes, par **Dutocq.**.

162 — Religieuse en prières, par **Boivin.**

163 — Scène de l'invasion en 1815, par **Charlet.**

AQUARELLES

164 — Les Tuileries sous Louis-Philippe, suite de
    cinq aquarelles, dans un même cadre.
165 — La Grenouillère. **Inconnu.**
166 — Jeune femme assise, par **Hammam.**
167 — Équipage, par **Th . Fort.**
168 — Hussards, par **Th. Fort.**

DESSINS

169 — Par Caran d'Ache, Steinlen, Giraud, Heid-
    brunk, Balluriau, Lunel, etc., seront
    vendus divisément.
170 — **Diaqué,** un café-concert à Madrid.

GRAVURES EN COULEURS

AVEC

CADRES EN BOIS SCULPTÉ

171 — Le Bal et le Concert.
172 — Foire de village.
173 — Menuet de la mariée,
174 — Noce au château.
175 — Noce de village.
176 — La Comparaison.
177 — Le prince d'Orange.
178 — Six gravures diverses.
179 — Racing crakes.

GRAVURES NOIRES

180 — Portrait de Rubens, eau-forte.
181 — Campement de volontaires.
182 — Douze cartons de gravures et lithographies.

AUTOGRAPHE

OBJETS DE VITRINE

193 — Quatre Pièces Chine et Saxe.

194 — Un Trépied en bronze de la Chine.

195 — Une boîte en bois incrustée de nacre, travai.
    Tonkinois.

196 — Trois Boîtes à thé, en laque de Chine.

197 — Deux Flacons du Directoire, en porcelaine.

198 — Un Christ en ivoire sur croix.

199 — Un Dessin à la plume représentant Moïse
    avec les tables de la loi.

200 — Huilier Louis XV en argent.

MINIATURES SUR IVOIRE

201 — Les Premières Roses, d'après Chaplin.

202 — Adélaïde de Bourbon.

203 — Deux Cadres contenant chacun trois Por-
    traits historiques.

204 — Napoléon Ier, d'après David.

205 — Madame Récamier, d'après David.

206 — La Duchesse d'Angoulême.

207 — Six miniatures diverses, sujets Louis XVI.

208 — Comtesse de la Suze. Signé Desmases 1832.

209 — Jeune Femme. Signée R. W. 1793.

210 — Dames de la Cour de Louis XVI, cadre
    Strass. Signé D. Parry.

211 — Jeune Femme au bal. B. Matrod.

212 — Jeune Femme jouant de la Harpe, costume
Louis XVI.

213 — Jeune Femme avec bouquet de roses, d'après
Vigée-Lebrun.

214 — Jeune femme jouant de la guitare, costume
Louis XV.

215 — Portrait de Femme, costume Empire, cadre
noir.

216 — Halte de cavalerie, d'après Ph. Wouvermans.

217 — Scène villageoise, d'après Van-Felde.

218 — Sainte-Famille, peinture sur cuivre, avec
cadre bois sculpté.

219 — Dames de la Cour sous Louis XV.

220 — Six Gravures en couleurs Paul et Virginie, de
Schall et Descourtis.

VOLUMES

221 — La Semaine des Constructeurs, 9 volumes.

222 — La Construction moderne, 2 volumes.

223 — L'Art de bâtir, par Rondelet, 3 volumes.

224 — Dictionnaire d'architecture de Ernest Bosc,
4 volumes.

225 — Dictionnaire d'architecture de Viollet-le-Duc, 10 volumes.

226 — Jurisprudence, par O. Masselin, 4 volumes.

227 — Traité de mesurage, par E. Sergent, 2 volumes.

228 — Le nouvel Opéra de Paris, par Garnier, 4 volumes, dont 2 volumes de texte et 2 volumes planches.

229 — La France illustrée, par Malte-Brun, 5 vol.

230 — 10 Albums d'architecture.

231 — Un Lot de volumes divers.

232 — Fables de La Fontaine, en 6 volumes.

233 -- Illustration, de 1848 à 1865, 20 volumes.

234 - Histoire de la Révolution française, par Thiers, 20 volumes reliés.

TAPIS & BRODERIES D'ORIENT

235-236 2 grands Tapis longs, à bordure.

237 — 1 Tapis carré.

238-241 4 Carpettes diverses.

242 — 6 Carrés d'étoffes brodées.

243 — 1 grand Dessus de lit, satin brodé.
244 — 1 Paravent à quatre feuilles, brodées.

TAPISSERIES

245 — 1 Tapisserie à personnages.
246 — 1 Tapisserie verdure et oiseaux.

IMPRIMERIE CHAIX, RUE BERGÈRE, 20, PARIS. —23560-11-98. — (Encre Lorilleux).